A Rookie reader® español

En mi patio

Escrito por Don L. Curry
Ilustrado por Erin O'Leary Brown

Children's Press®
Una división de Scholastic Inc.
Nueva York • Toronto • Londres • Auckland • Sydney
Ciudad de México • Nueva Delhi • Hong Kong
Danbury, Connecticut

Estimado padre o educador:

Bienvenido a Rookie Ready to Learn en español. Cada Rookie Reader de esta serie incluye páginas de actividades adicionales ¡Aprendamos juntos! que son apropiadas para la edad y ayudan a su niño(a) a estar mejor preparado cuando comience la escuela.

En mi patio les ofrece la oportunidad a usted y a su niño(a) de hablar sobre la importancia de la destreza socio-emocional de la curiosidad por la naturaleza. He aquí las destrezas de educación temprana que usted y su niño(a) encontrarán en las páginas ¡Aprendamos juntos! de *En mi patio:*

• describir acontecimientos diarios
• ordenar y clasificar
• ciencia: plantar semillas

Esperamos que disfrute esta experiencia de lectura deliciosa y mejorada con su joven aprendiz.

Library of Congress Cataloging-in-Publication Data

Curry, Don L.
    [In my backyard. Spanish]
    En mi patio/escrito por Don L. Curry; ilustrado por Erin O'Leary Brown.
       p. cm. — (Rookie ready to learn en español)
    Summary: A girl sees many signs of spring in her backyard, including a frog and a bird. Includes suggested learning activities.
    ISBN 978-0-531-26116-3 (library binding) — ISBN 978-0-531-26784-4 (pbk.)
    [1. Spring—Fiction. 2. Spanish language materials.] I. O'Leary Brown, Erin, ill. II. Title.

PZ73.C89 2011   [E]—dc22   2011011425

Reconocimientos
© 2004 Erin O'Leary Brown, ilustraciones de la cubierta y el dorso, páginas 33–21, 23–29, 30 patitos y pato, 32.

Los árboles tienen brotes en mi patio.

Las ranas tienen barro en mi patio.

Las hormigas tienen montículos en mi patio.

Los pájaros tienen nidos en mi patio.

9

Las semillas tienen agua en mi patio.

Las mariquitas tienen
flores en mi patio.

13

A las flores les da el sol
en mi patio.

15

Las ardillas se divierten en mi patio.

17

Las arañas tejen sus telas en mi patio.

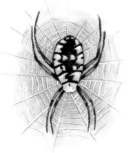

Los patos tienen
patitos en mi patio.

21

Es primavera en mi patio.

¡Felicidades!

¡Acabas de terminar de leer *En mi patio* y de explorar todos los animales y seres vivos que hay en el patio de una niña durante la primavera!

Sobre el autor

Don L. Curry es un escritor, editor y consultor educativo que vive y trabaja en la ciudad de Nueva York.

Sobre el ilustrador

Erin O'Leary Brown toma muchas ideas y se inspira con su propio patio en el norte del estado de Nueva York.

Rookie
READY TO
LEARN
en español

LIBRO DE
ACTIVIDADES

En mi patio

¡Aprendamos juntos!

Crece la semilla

En la semilla,
(Haz un puño con tu mano).

no ves las hojas ni la raíz,
(Mira tu puño cerrado).
pero seguro que están ahí.

Échale agua y déjala al sol.
(Haz un gesto de echar agua).

¡En unos días crecerá un montón!
(Abre la mano poco a poco y muévela).

CONSEJO PARA LOS PADRES: *En mi patio* describe muchas de las cosas que suceden en el patio de la niña durante la estación de primavera. Puede aprovechar esta oportunidad para hablar de las otras tres estaciones. Hable con su niño sobre los cambios que ocurren en el lugar donde usted vive durante el otoño, el invierno y el verano.

¿Pájaro, insecto o mamífero?

La niñita vio muchos animales en su patio. Vio pájaros. Vio insectos. Vio animales con pelo, llamados **mamíferos.** Observa cada animal. ¿Tiene plumas como un **pájaro**? ¿Tiene seis patas como un **insecto**? ¿O tiene pelo como un **mamífero**? Luego nombra cada uno y di si es un **pájaro**, un **insecto** o un **mamífero**.

Señala cada animal y di lo que es: pájaro, insecto o mamífero.

CONSEJO PARA LOS PADRES: Este tipo de actividad ayuda a los niños a comenzar a darse cuenta de cómo los objetos se clasifican en grupos, que es una destreza clave en matemáticas. Esta actividad menciona a animales con pelo. Los humanos también tenemos pelo. ¡Puede que quiera explicarle que las personas son mamíferos también!

En mi casa

A la niña le gusta nombrar cosas. Haz tu propio cuento sobre tu casa. A lo mejor quieres que tu cuento sea gracioso.

La habitación tiene _____ en mi casa.
nombre de una cosa

La cocina tiene _____ en mi casa.
nombre de una cosa

La estanterías tienen _____ en mi casa.
nombre de varias cosas

El baño tiene _____ en mi casa.
nombre de una cosa

Las paredes son _____ en mi casa.
nombre de un color

¡Y me gusta _____ en mi casa!
algo que te gusta hacer

CONSEJO PARA LOS PADRES: Esta es una manera divertida de animar a su niño(a) a describir lo que ve todos los días. A los niños pequeños, describir los lugares y las cosas que les son familiares, les resulta de gran ayuda para expandir su vocabulario.

¿Dónde viven los animales?

Hay muchos seres viviendo en el patio de la niña. Todos viven un un lugar específico, o hábitat, de su jardín.

Mira cada dibujo. Luego, utiliza tu dedo para unir cada animal con su hábitat.

araña

pájaro

hormiga

hormiguero

tela de araña

nido

A pasear con mamá pato

Los patitos aprenden a seguir a su mamá. ¡Pero necesitan apurarse! Ayuda a los patitos a encontrar el camino para llegar a su mamá. Traza el camino con tu dedo.

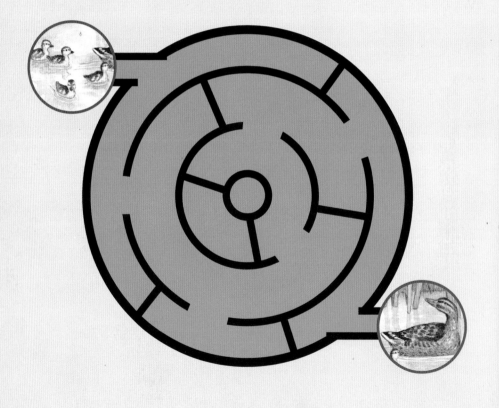

Plantas de primavera

La primavera es la época del año en que las plantas comienzan a florecer después del largo invierno. Añada una nueva planta a su jardín o espacio interior.

VA A NECESITAR: agua  papel toalla

frijoles **bolsas de almacenaje de un galón**

1
Moje el papel toalla y póngale un frijol encima. Doble el papel alrededor del frijol de manera que quede suelto para protegerlo.

2
Ponga el frijol en una bolsa de plástico y ciérrela. Escriba *frijol* sobre la bolsa. Explique que el frijol germinará como hacen las semillas. Diga lo que va a pasar.

3
Pídale a su niño(a) que observe la planta a diario. Los frijoles germinan por lo general en unos días. Mantenga el papel de toalla húmedo. Los niños pueden hacer un dibujo de la planta cada varios días. Puede plantar el retoño.

Lista de palabras de En mi patio

(34 palabras)

a	el	mi	se
agua	en	montículos	semillas
arañas	es	nidos	sol
árboles	flores	pájaros	sus
ardillas	hormigas	patio	telas
barro	las	patitos	tejen
brotes	les	patos	tienen
da	los	primavera	
divierten	mariquitas	ranas	

CONSEJO PARA LOS PADRES: Esta es una lista de todas las palabras en el libro. Lea todas las palabras que nos dejan saber que es primavera en el patio de la niña, como retoños, patitos, nidos y otras.